怪《かい》盗《とう》ドタンとうめいな絵

泉 小春
IZUMI Koharu

文芸社

Hitori nori Hikouki
Mawaru
Fuka fuka norigokochi
Handle bar
Tandem Sanrinsha
Mawaru
Mawaru
DOTAN the INVISIBLE PICTURE

もくじ

とうめいな絵のひみつ　8

ビックリするじゅんびはいいかい？　20

にせものの道、ほんものの絵　28

いつもどおりの元通り　40

ドタンは怪盗《かいとう》です。
でも、みなさんの思いうかべる怪盗とは、
ほんの少しちがっているかもしれません。

とうめいな絵のひみつ

近ごろ、みんながすっかり夢中《むちゅう》な物と言えば、もちろん妖精《ようせい》のかいた絵です。妖精のかいた絵はとうめいで、妖精にしか見ることはできません。けれどある時、まほうの粉《こな》をかけると、だれでも見えるようになることがわかりました。妖精のかいた絵は、まるで雨上がりの空にかがやく虹《にじ》のように美しく、たちまちだれもが夢中になりました。

妖精のかいた絵と、まほうの粉をほしいと思っている人は、たくさんいます。

そしてもちろん、たくさんの怪盗《かいとう》たちもねらっていました。

けれど、怪盗ドタンだけは、ちっともほしいとは思っていませんでした。

「親分はどうして、妖精のかいた絵をねらわないんです？　ボク、見てみたいですよう」

子分のバタンが言いました。

「見えない物など、ぬすんでもつまらんだろう」

「まほうの粉をかけたら見えるようになるんですよう」

「おれ様は自分の力で見える物しかほしくないのだ」

ドタンがそう言うと、バタンはチェッと口をとがらせました。

「フフ。それじゃあ仕方がないね。それにこの町には、妖精のかいた絵を持っている人はいないし、あきらめるしかないだろうねぇ」

お皿をあらう二人を見ながら、ヒラメキ警部《けいぶ》が言いました。

怪盗ドタンと子分のバタンは今、ホイキタ警察署《けいさつしょ》のキッチンで、お手つだいをしているのです。

「警部は見たことあるんです？」

「ウム、そうだなぁ。新聞に小っちゃく出ているのを見たけれど、あれじゃあ見たことがないのと同じだね。ぼやけていてサッパリだったもの」

怪盗には、怪盗学校というところを卒業するとなることができます。ドタンも怪盗学校を卒業したので、怪盗ではあるのですが、じつはまだ一度も、何もぬすんだことはありません。いつもヒラメキ警部に見つかって、つかまってしまうのです。そしてつかまったあとは、いつも警察署のキッチンでお手つだいをしてから帰っています。ドタンの作るごはんはとてもおいしいので、おまわりさんたちに大人気なのです。

「アーア。一回でいいから、妖精のかいた絵を見てみたいですよう」

バタンがしょんぼりとそう言ってから、何日か後のことです。ドタンのアジトに、お客さんがやって来ました。

怪盗のアジトというのは、警察に見つかるとつかまってしまいますから、ヒミツにされているものです。けれど、ドタンのアジトはちがいます。ドタンのアジトは、町はずれの森の中の、一番古くて大きくてじょうぶな木の上にあります。ドタンにはそのお気に入りのアジトをヒミツにする気持ちがちっともないので、ホイキタ警察署のおまわりさんたちもみんな知っているのです。ですから、ドタンのアジトに行きたい時は、警察署で聞くと道を教えてもらえます。

「親分、オヤブーン。お客さんですよう」

バタンが大きな声でよぶと、ドタバタと大きな音をさせながら、ドタンがおくの部屋から出て来ました。

「お待たせしました！」

そう言ったものの、ドタンはオヤ、と思いました。部屋の中には、だれもいないように見えたのです。けれどすぐに、イスの真ん中にちょこんとすわっているお客さんに気がつきました。ドタンを待っていたのは、小鳥に乗ってやって来た、とても小さな女の子だったのです。

「ムムム。妖精のお客様とはめずらしい。羽がないのは、もっとめずらしいですね？」

ドタンがそう言うと、小さな妖精の女の子は、ワッとなきだしてしまいました。

「ワワッ。どうしたんです？　なかないで！　チョコレート食べます？」

バタンがあわててそう言うと、女の子はフリフリと首を横にふりました。

「おろかもの。妖精は妖精の食べ物しか食べられないんだぞ」

「ええっ。そうなんです？　ごめんなさい」

「いいえ。やさしくしてくれて、ありがとう」

ポロポロとこぼれるなみだをふきながら、妖精の女の子は少しだけにっこりとして言いました。

「フウム。どうやら羽のことで、おこまりのようですね」

「はい。力をかしていただきたいんです」

すっかりとなみだがかわいてしまってから、妖精の女の子は話し始めました。

「あたし、メアリといいます。あたしの羽は、切り取られてしまったんです」

「ええっ。だれがそんな、ひどいことをしたんです?」

「ギョロリという商人です。妖精のかいた絵を売って、お金もうけをしている男です」

ギョロリという名前は、ドタンもバタンも知っていました。二人だけではなくて、たくさんの人が知っています。まほうの粉を見つけて、はじめて妖精のかいた絵を見た人で、妖精のかいた絵も、まほうの粉も、ギョロリだけが売っているのです。

「ある日、ひなたぼっこをしている時に、あたし、ギョロリにつかまえられたんです。それから、あたしの羽がとてもキレイだからと言って、ギョロリはあたしの羽を切ろうとしました。あたしは夢中でにげたけれど、羽が少しかけてしまって、それがギョロリの鼻に入ってしまったんです。ギョロリはとても大きなクシャミをして、あたしの羽のカケラは、部屋のすみにあった絵にかかりました。それがちょうど、妖精のかいた絵だったんです」

その絵はずっととうめいで、ギョロリには何の絵なのかサッパリわかりませんでした。それが、メアリの羽のカケラがかかったとたん、ビックリするほどキレイな絵があらわれたのです。

「フウム。つまりギョロリの売っているまほうの粉というのは、妖精の羽をすりつぶしたものだったのだな」

「そうです。あたしの羽をすべてこなごなにして、売ってしまったんです」

そう言うと、メアリの目からまたポロポロとなみだがこぼれました。

「な、なかないで！　粉を全部取りかえしたら、羽は元通りになるんです？」

「いいえ。あたしの羽は、もう元にはもどりません。それより今は、あたしのなかまたちがあぶないんです。ギョロリはもっとたくさんのまほうの粉を作るために、もっと妖精をつかまえようとしているんです」

シクシクとなきつづけるメアリがあんまりかわいそうで、バタンもジワリとなみだが出ました。

「ウウム。とんでもないヤツだ。絵のほうも、きっと悪いことをして手に入れたにちがいないな」

「そうなんです」

メアリがギョロリにつかまるよりも、もっとずっと前のことです。ある町に、妖精たちととてもなかのよいおばあさんが住んでいました。おばあさんは、なかよしの妖精からプレゼントされたとうめいな絵を、とても大切にかざっていました。

そんなおばあさんの所へ、ある日、一人の商人がやって来ました。その日はとても雨の強い日で、商人はおばあさんに、どうか雨宿りをさせてほしいとおねがいしました。やさしいおばあ

さんはもちろん、商人を家へ入れてあげました。温かいスープを作ってあげて、いろいろなお話をしているうちに、妖精からもらった絵のことも話してあげました。

そして次の日、おばあさんが目をさますと、商人といっしょに、絵もなくなっていたのです。

「その商人が、ギョロリだったんです」

「お世話になったおばあさんから絵をぬすむとは！　なんてヤツだ！」

怪盗というのも、人の物をぬすんでしまうものなのですが、ドタンはプリプリとおこりました。

「じゃあ今売っている妖精のかいた絵も、全部ぬすんだ物なんです？」

「いいえ、いいえ。ちがうんです」

小さな顔をフリフリと横にふりながら、メアリは言いました。

「ギョロリが持っている妖精のかいた絵は、おばあさんが持っていた一まいきりしかないんです。お客さんにはまず、本物の絵をわたします。それから粉のまほうがとけて、とうめいな絵にもどってしまうと、ギョロリの手下がこっそりとガラスの板とすりかえてしまうんです。そして同じ絵を、また次の人に売るふりをするんです」

「え、え、エーッ！」

ビックリして、バタンは思わずビョンととび上がりました。

「ひどすぎますよう。でも、まほうの粉をかけたら、すぐにバレてしまうんじゃないんです？」

「まほうの粉は一回分しか売らないんです。お客さんがもう一度買いたいと言っても、二回目はうんと高くしてしまうので、みんな買わずにあきらめてしまうんです」

「ムムウ。ギョロリめ、とことん悪いヤツだ！」

ドタンはもうカンカンにおこって言いました。

「人をだまして金もうけをするとは、まったくゆるせん。メアリどのや、ほかの妖精たちをきずつけるのはもっとゆるせん！　ようし、バタン。決めたぞ。おれ様がかならず、ギョロリから絵をぬすみだしてやる！」

大きな声でそう言うと、ドタンはメアリのほうを向いてニッコリとわらいました。

「怪盗ドタンに、おまかせあれ！」

ビックリするじゅんびはいいかい？

さっそく、ドタンはじゅんびに取りかかりました。ギョロリの家は、ホイキタ警察《けいさつ》署《しょ》のある町から二つとなりの町にあります。とても大きくてりっぱなお家《うち》に、ギョロリはたった一人で住んでいます。

「フム。あのギョロリさんがそんな悪いことをしていたとは、知らなかったなぁ」

ドタンとバタンがギョロリの家を見上げていると、後ろからヒラメキ警部の声がしました。

「ムムムッ。どうしてお前がここにいるのだ！」

「どうしてって、悪者をつかまえるのがぼくらの仕事だからね。マァこの町にはナルホド警察署があるけど、悪いことをしていると聞いて、放ってはおけないからね」

「それでどうしておれ様について来るのだ！」

ドタンはプリプリしながらそう言いました。

「まあまあ、親分。今回はつかまえられるほうじゃないからだいじょうぶですよう」

「ちっともだいじょうぶなもんか！」

「フフ。仕方がないなぁ。それじゃあぼくは、ほかの所で調べることにするよ。ぼくに先をこされないように、がんばってね」

「お前になんか負けるものか！」

まだプンプンしているドタンには見えないように、バタンに向かってこっそりとウインクしてから、ヒラメキ警部はどこかへ行ってしまいました。

「でも親分、こんなに大きい家の中で、どうやって見えない絵をさがすんですか？」

「絵を見つけるぐらい朝めし前だ。大事なことは、ギョロリをぎゃふんと言わせてやることだぞ！」

ギョロリの家は、町の中心からは少しはなれた所にあって、近くにほかのお家はありません。小川にかかる橋をわたって、ポプラの木が二十二本ならんで立っているのを通りすぎて、さいしょの曲がり角を左に曲がると、ギョロリの家にたどり着きます。

「ぎゃふんて、どうするんです？」

「フッフッフッ。聞いておどろけ。イヤ、まだおどろくな。やっぱりまだ教えてやらん！」

そう言うと、ドタンはドタバタと走りだしました。

「ええっ、待ってくださいよう」

ホイキタ警察署の近くにはドキドキ山という山があり、その山のふもとには、町で一番大きなお家があります。ドタンはまずそのお家へ行くと、すべての部屋のカーテンをかりて帰りました。そうしてアジトで何かを作ると、次はドキドキ山の木こりのおじいさんに会いに行きました。そこでなにやらコソコソとお話をすると、おじいさ

んがコックリとうなずいてくれたので、ドタンはペコリとおじぎをしてから山をおりました。

　それから、少しはなれた所にある雨雲の森のまほう使いに会いに行きました。雨雲の森はいつもモクモクとした黒い雲におおわれていて、一年中シトシトと雨がふっています。水たまりだらけの森の中の、まほう使いの家へ行くと、ドタンは真っ黒なビンをもらって帰ってきました。どこでもキチンとおねがいをして、ひとつもぬすんだりしない怪盗《かいとう》ドタンです。

「親分、親分。いったい、どんなアイデアなんです？」

バタンはいつでもドタンといっしょにいましたが、ドタンが何をしようとしているのかは、さっぱりわかりませんでした。

「フッフッフッ。それは見てのお楽しみだぞ。おれ様は、ほんの少しさいごの仕上げをしてくるからな。ビックリするじゅんびをしておけよ！」

そう言うと、一人乗り飛行機にカーテンの山をぶら下げて、ドタンはどこかへ飛んでいってしまいました。

それから、ドタンが帰ってきたのは、もうお日さまが見えなくなるころでした。

「ムムウ。少しおそくなってしまったな。急げバタン、出発するぞ！」

ドタバタと着がえをしながら、ドタンが言いました。

「ハイッ、親分！」

シュッとした黒いズボンとチェックのベストを着ると、ドタンはキュッとネクタイをしめました。仕上げにヒミツのつまったシルクハットをかぶったら、怪盗ドタンのできあがりです。それからドタンがヒラリと二人乗り三輪車にまたがると、バタンもひょいと後ろにとび乗りました。

「よし、出発！」

一人乗り飛行機も、二人乗り三輪車も、どちらもドタンの手作りです。怪盗の仕事にはちっとも役に立っていないのですが、ドタンは発明が大のとくいなのです。

ボタンひとつで動いてくれる三輪車は、グングンと町中を通りぬけていきました。そうして三十二本のポプラの木を通りすぎると、ドタンとバタンはそっと暗やみの中にかくれました。

お月さまは出ていますが、少し雲の多い夜でした。バタンの持ってきたサンドウィッチをペロリとたいらげて、ドタンがお茶をのんでいた時のことです。遠くのほうから、かすかな光が近づいてきました。

「親分、親分。こっちに来るみたいですよう」

「しずかにっ」

ドタンとバタンが暗やみで息をひそめていると、一台の車が前を通りすぎていきました。その車は少し進んだ所でとまると、中から一人の男がとびだしてきました。

「な、な、なんだコレは！」

丸い顔に丸い体。それからギョロッと大きな目をしたその男こそ、商人のギョロリです。

「ワシの家はどこだっ」

それを聞いて、バタンは思わずポカンとしてしまいました。あんなに大きなお家ですから、少しはなれた所からでもよく見えるのです。そしてギョロリのほうを見ると、バタンはもう一度ポカンと、さっきよりももっと大きく口をあけました。よく見ると、ギョロリの家があったはずの場所は、何もない広場になっていたのです。

「こんばんは。何かおこまりですか？」

一台のパトカーがギョロリのそばにとまって、中からヒラメキ警部がおりてきました。

「け、警部さん。いやぁ、なんでもありませんよ」

「ヤァ。あなたは有名なギョロリさんじゃありませんか。オヤ！　あなたのお家はどこへ行ってしまったんです？」

とてもビックリした様子で、ヒラメキ警部は言いました。

「いやぁ、じつは引っこしをしましてな」

「でも今朝《けさ》、私《わたし》がここを通った時は、たしかにお家はありましたよ。あんなに大きなお家が急に消えてしまうなんて、いかにもふしぎじゃありませんか。ギョロリさん、署のほうでくわしくお話を聞かせてください」

イヤイヤとにげようとしていたギョロリでしたが、ヒラメキ警部とおまわりさんたちにかこまれて、しぶしぶと自分の車に乗りこみました。そうして、パトカーにつづいて警察署へと向かいました。

にせものの道、ほんものの絵

「ムムウ。どうしてアイツがここにいるのだ」

「警部《けいぶ》の乗ったパトカーなら、向こうにずっととまってましたよう。親分、気づいてなかったんです？」

ドタンはちっとも気がつかなかったのですが、とてもくやしかったので、だまってプイとそっぽを向きました。

「でも親分、あんなに大きな家を、どうやって消しちゃったんです？」

バタンがたずねると、少しごきげんになって、ドタンは言いました。

「フッフッフッ。家ならずうっと同じ所にあるぞ」

「えぇっ。でもそこには、なんにもありませんよう」

「ムッフッフッ。こっちだ！」

そう言って走りだしたドタンを、バタンもあわてて追いかけました。真っ直ぐにならんだポプラの木を十本通りすぎた所で足を止めると、ドタンはひょいと木と木の間にとびこみました。バタンもすぐに追いついたのですが、もうドタンのすがたは見えなくなっていました。

「お、オヤブーンッ」

「こら、バタン。仕事中に大きな声を出すんじゃないぞ」

「アレッ？」

バタンが大きな声でよぶと、暗やみをめくって、木と木の間からドタンが顔を出しました。

「早く来い。こっちだ」

「ハイッ」

バタンもすき間からとびこむと、なんとそこには、一本の道がつづいていました。

そしてすぐそこに、ギョロリの家がありました。

「え、え、エー！」

「フッフッフッ。おどろいただろう！」

ドタンはニヤニヤしながら言いました。

「ビックリです、親分。とってもとっても、おどろきですよう」

「グッフッフッ。そうだろう。おれ様のアイデアはとってもすばらしいからな！」

「でも親分、どうやって家を動かしたんです？」

バタンがたずねると、ドタンはチッチッと人さし指を左右にふりながら言いました。

「家はちっとも動かしていないぞ。おれ様は道をごまかしたのだ！　いいか？　ギョロリの家に来るには、小川をわたって、ポプラの木を二十二本通りすぎたさいしょの曲がり角を曲がらなければならん。しかし毎回、木を数えて来るヤツはまずいない。木がとぎれたさいしょの曲がり角を曲がればいいだけだからな。そこでだ！　ドキドキ山のきこりのおじいさんたちに木を十本ふやしてもらって、二つ目の曲がり角が一つ目に見えるようにしたのだ」

「さすがです親分っ」

バタンがどんどんほめるので、ドタンはグングンごきげんになりました。

「ムッフッフッ。しかし木をならべただけでは、家が見えてしまうからな。まず木と

木の間にはカーテンをかけて、それから木の上には雨雲をふりかけておいたのだ。これですっかり、外からは家が見えなかっただろう？」

雨雲の森の雨雲には、まほう使いのまほうがかけられていて、どこでも雨をふらせたい所に持ち運ぶことができます。ドタンがまほう使いからもらったビンの中に入っていたのは、その雨雲だったのです。

「家はかんぺきにかくせたし、ギョロリも今は警察署《けいさつしょ》だ。今のうちに絵をさがすぞ！」

「ハイッ、親分！」

とても大きなギョロリの家の中は、たくさんの物であふれかえっていました。大きなつぼに小さなつぼ。キラキラ光る石のたくさんついた箱や、金色にかがやくお皿もあります。絵がたくさんかざられている部屋の中には、がくぶちの中がとうめいなものが何まいもありました。

「絵はたくさんありますけど、まほうの粉《こな》はないみたいですよ、親分。これじゃどれが本物かわかりませんよう」

「フッフッフッ。心配はいらん」

そう言うと、ドタンはポケットからメガネを取りだしました。丸くて、とてもぶあついレンズでできたメガネです。

「ソレ、なんです？」

「聞いておどろけ！　これぞおれ様の新発明、とりかえっこメガネだ！」

「とりかえっこメガネ？」

バタンがキョトンとしたのを見てニヤニヤしながら、ドタンは言いました。

「ハラハラ谷の底《そこ》にしかさかない石の花のタネをみがいて作ったレンズには、ふしぎな力があってな。同じタネで作ったレンズをのぞくと、べつの所にいても同じ物が見えるようになるのだ」

「谷の底まで、花をさがしに行ったんです？」

「イイヤ。飛行機でさんぽしていたら、ケガをした旅人を見つけたことがあってな。家まで運んでやったら、その礼に石の花のタネをくれたのだ」

怪盗《かいとう》の仕事はサッパリなドタンですが、こまっている人を見つけると、いつでもかならず、助けてあげます。

「もうひとつのメガネは、だれがかけてるんです？」

「メアリどのがかけているのだ」

「あ、なるほど！」

妖精のメアリには、まほうの粉なんていりません。

「メアリどののもいっしょに来るほうがかんたんだが、キケンなことはさせられないからな。安全な場所から、助けてもらうのだ。もしもメアリどのの、じゅんびはいいかな？」

耳にかけた小さな電話に向けてそう言うと、ドタンはゆっくりと一まいずつ、絵を見て回りました。一番目と二番目の部屋にあったのは、すべてガラス板のニセモノでした。

「ムムム。こんなにたくさんのニセモノを用意しているとは。本当にゆるせんヤツだ。

ようし、バタン」

ドタンがヒソヒソと耳打ちすると、バタンはコクリとうなずいて、一番目の部屋にもどって行きました。ドタンは次の部屋へ進んで、五番目の部屋まで来ると、ようや

く本物の絵が見つかりました。

「オーイ、バタン！　絵を見つけたぞっ」

ドタンとバタンは、二人乗り三輪車に乗ってアジトまで絵を持って帰りました。それから、ドタンは一人で飛行機に乗って、ギョロリの家までもどりました。木にかけていたカーテンをすべて外し、雨雲はビンの中にもどします。十本のポプラの木は、木こりのおじいさんたちにおねがいして、また持って帰ってもらいました。すべてがピッタリ、元通りです。

ドタンの飛行機が飛びさってから、ほんの少し後のことです。一台の車が近づいてきて、ポプラの木を二十二本通りすぎると、さいしょの曲がり角を曲がりました。車をとめて、おりてきたのはギョロリです。ギョロリはそこにきちんと自分の家があるのを見て、はてなと首をかしげました。

「ワシの家はちゃんとある。はてさて。きみょうな夜だわい」

ギョロリは家の中に入ると、すぐにグッスリとねむってしまったので、だれかがこっそり家の中に入っていたことには、ちっとも気がつきませんでした。

そうして次の日の朝がくると、ギョロリの家に、とても仕立てのよいスーツを着た紳士《しんし》がやって来ました。妖精のかいた絵と、まほうの粉を売るやくそくをしたお客さんです。売る時は本物の絵を見せるので、ギョロリはお客さんを五番目の部屋へあんないしました。

「さあさあ。こちらがお待ちかね、妖精のかいた絵ですぞ。その粉をかけると、アラふしぎ。たちまち美しい絵があらわれるのです！」

ギョロリがそう言うと、お客さんはさっそく、絵に粉をふりかけました。しかし、絵はとうめいなままで、何もかわりませんでした。

「オヤオヤ。ワシとしたことが。どうやら空っぽのがくを持ってきてしまったようですわい。すぐ絵をお持ちしますから、ここで少しお待ちくだされ」

ギョロリはニコニコとそう言いながら、へんだぞ、と思いました。本物の絵を入れたがくには、すみっこにちゃんと目じるしをつけているのです。しかし絵があらわれないのですから、さがさないわけにもいきません。四番目の部屋にも本物の絵はなく、三番目の部屋へ入った時です。

「な、なんだコレは！」

ニセモノ用のガラス板に、赤いマジックで大きくバツじるしが書かれています。二番目の部屋も、一番目の部屋もそうでした。

「なんてひどい！　ギョロリさん、すぐ警察をよびましょう」

ギョロリの声におどろいてかけつけて来たお客さんが、すぐに警察署にれんらくしました。

そしてやって来たのは、ヒラメキ警部と、ナルホド警察署のおまわりさんたちです。

「ヤァ、ギョロリさん。たいへんですね。とてもたくさんの絵を、ぬすまれてしまったようですねぇ」

「いやはや、コレは……」

おまわりさんたちが家中を調べると、ニセモノとすりかえたお客さんのめいぼや、これからぬすみに入るお家《うち》の地図などが見つかって、ギョロリは警察署へつれて行かれることになりました。

にせものの道、ほんものの絵

いつもどおりの元通り

「これでもう、ギョロリが妖精《ようせい》のみなさんをつかまえることはありませんよ」

ヒラメキ警部《けいぶ》がそう言うと、メアリはニッコリとわらいました。

「どうしてお前がここにいるのだ！」

「ハハ。ギョロリのこともわかったほうが、安心できると思ってね」

「ココは怪盗《かいとう》のアジトだぞっ。警察《けいさつ》なんかおことわりだ！」

ギョロリがつかまってから、少し後のことです。メアリがドタンのアジトへ来

たところへ、ヒラメキ警部もやって来ました。

「フフ。いつ来てもちらかっているねぇ。まるで怪盗にでも入られたみたいだよ」

「うるさいやいっ」

ドタンはプンプンしていますが、ヒラメキ警部はニコニコしています。そんな二人を見て、メアリもニコニコしながら言いました。

「妖精のなかまたちも、おばあさんも、みんなとってもよろこんでいます。みなさん、本当にありがとう」

妖精のかいた絵は、夜の間に、ドタンがおばあさんの家の前にこっそりおいて

おきました。朝になって絵を見つけたおばあさんが、大よろこびで妖精たちにつたえたので、メアリはドタンのところへやって来たのです。

「あの絵がほかの怪盗にぬすまれていたら、きっともうおばあさんには返してもらえなかったと思います。ドタンさんにおねがいして、本当によかった！」

メアリにそう言われて、ドタンはたちまちごきげんになりました。

「よかったですね、親分」

「フッフッフッ。これくらい、怪盗ドタンには朝めし前だ！　おっと。コレをわすれるところだった」

そう言うと、ドタンはだんろの上にあった小さなビンを持ってきました。

「メアリどの、これはあなたに」

「あたしに？」

「ちょっとしつれい」

ドタンがメアリのせなかに向けてビンをふると、中から水のようなものがチョンチョンと出てきました。それがメアリのせなかにかかると、なんとあわく光り始めたのです。

「ワワッ。ソレなんです？　親分」

「ムッフッフッ。朝もやの薬だぞ」

「朝もやの薬？」

「満月の夜の次の朝一番に鳴いたニワトリのなみだを取っておいて、次の満月の夜になったら、月を映した湖にたらすのだ。次の朝になると、湖はもやにつつまれる。そのもやをビンに入れてとじこめて、ビンの中で水のようになったのを、朝もやの薬と言うのだ」

それはとても古い本に書いてあった、薬の作り方でした。ドタンのアジトには、とてもたくさんの本があります。本を読んでドタンが作った、ふしぎな物もたくさんあるのです。

「どんな薬なんです？」

「フッフッフッ。見てみろ！」

よく見ると、あわい光が少しずつ、何かの形になろうとしていました。やがてキラ

キラとかがやきながらあらわれたのは、なんと妖精の羽でした。

「あ、羽！」

バタンが大きな声でそう言うと、メアリは目をパチパチさせながら、ゆっくりと自分のせなかに手を回してみました。するとたしかに、なつかしい羽があるのがわかりました。

「朝もやの薬は、元通りの薬とも言うのだ」

ドタンがそう言うと、メアリはワァッとなきだしました。

「ありがとう、ドタンさん。あたし、あたし、とってもうれしい！」

「フフ。羽まで取りもどしてあげる怪盗なんて、ぼくはほかに知らないなぁ」

「おれ様もお前になんか知られたくないぞ。とっとと帰れ！」

みんなニコニコしていましたが、ドタンだけはプンプンしてそう言いました。

「つめたいなぁ。アア、そうだ。署《しょ》のみんなが、おいしいグラタンが食べたいと言ってるんだけどね。作ってくれないかなぁ」

ドタンはプンプンしたままでしたが、パトカーで警察署へ行くと、おまわりさんたちにアツアツのグラタンを作ってあげました。つかまってもいないのに、警察署へ行くのも、パトカーに乗るのも、へっちゃらな怪盗ドタンなのです。

「フーッ、フーッ。とってもおいしいよ、ドタン」

「二人とも、もうずっとココにいなよ」

おまわりさんたちが言いました。

「うるさいやいっ。おれ様は怪盗だぞ！」

ドタンはプリプリとおこりながら、デザートにプリンも作ってあげました。


もしもあなたが、こっそりだれかに助けてもらいたくなったら、ドタンのアジトへ行ってみてください。きっと力をかしてくれます。もしかしたら、おいしいおやつも作ってくれるかもしれません。

でももし、あなたが世にもめずらしいお宝《たから》の持ち主だとしたら、その時はお気をつけて。次こそはドタンも、怪盗のお仕事をするかもしれませんからね。

著者プロフィール

泉 小春（いずみ こはる）

大分市出身。
地元で働きつつ、コツコツと夢追い中。
ドタンに作ってほしいおやつは桃のケーキ。
文芸社第16回えほん大賞ストーリー部門
優秀賞受賞（『オムライスかいぎ』2021年出版）

カバー・本文イラスト／おいしいごはん愛好会

怪盗《かいとう》ドタンととうめいな絵

2023年12月15日　初版第1刷発行

著　者　泉 小春
発行者　瓜谷 綱延
発行所　株式会社文芸社
〒160-0022　東京都新宿区新宿1－10－1
電話　03-5369-3060（代表）
03-5369-2299（販売）

印刷所　株式会社暁印刷

ISBN978-4-286-24628-4